KB141037

안양여성문학회동인지 7

안양시학

안양여성문학회 동인지 7

안양시학

차례

노수옥

류순희

이지호

장정욱

정이진

정지윤

조은숙

한명원

한인실

허인혜

특집

노 수 옥

충남 공주 출생, 「詩人精神」으로 등단
중앙대예술대학원 문예창작전문가과정 수료
한국문인협회 회원, 서울시인협회 회원, 중앙대 잉걸회 동인
안양여성문학회 회원
시집으로 『사과의 생각』,『기억에도 이끼가 긴다』
jadehill1004@hanmail.net

바람의 성분

닫힌 상자

현금인출기

위험한 착지

길

바람의 성분 외 4편

성급하게 진 꽃들의 향낭에는 그가
열어보지 못한 몇 그램의 향기가 남아있을 거야

꽃잎에 멍을 남긴 그도 꽃잎이 지는 순간 속살에 생채기가 나지
잎을 놓친 가지처럼

고양이 울음을 움켜쥔 손에서 퀴퀴한 냄새가 날 때도 있어
담벼락을 넘다가 긁힌 상처도 있지

갈대의 겨드랑이를 헤치며 걸어온 날은
늪의 냄새가 나
들녘을 필사한 손에는 계절의 체온이 묻어있어

그의 손엔 바람의 이동경로가 있지
국경을 넘을 때
모든 바람은 밀서 한 장을 품고 달려오지

태풍의 눈, 바람의 핵은
모두 밀서의 중심부에 적혀있지

내 몸에도 바람이 살고 있어
마음의 온도에 따라 눈물의 농도가 달라지는

닫힌 세상

세상은 굳이 나를 분류하죠
히키코모리*로

닫힌 상자면 어때요
출구는 필요 없어요

손가락질을 따돌리고
웅크리기 좋은 구덩이를 팠어요
밖은 소음뿐이죠
캄캄한 대낮과 현기증이 나는

길을 잃은 이력으로 구덩이를 채웠어요
파고드는 냉기로 이글루를 쌓고
핏기 없는 털모자가
사발면에 젓가락을 꽂아 놓고 담뱃재를 털어도
여긴 질긴 입이 없어요

입구마다 쾅쾅 못질을 했어요
어떤 것도
누구도 이곳으로 건너올 수 없어요

이제 완벽해요
어둠을 덮고 누웠으니

*은둔형 외톨이

현금인출기

머릿속을 더듬어 숫자를 누른다

3498
3984
3489
세 번의 기회,
거듭되는 실수에 문이 닫혔다

숫자 네 개로 약속한
둘만 아는 비밀
그는 알고 있는데 왜 나는 모를까

약속을 어긴 나는 감정적이고
토라진 그는 이성적이다

냉담하게 거부하는 그 앞에
나는 빈손이다

이 단단한 압축파일을 서둘러 풀어야한다

놓고 간 영수증을 물고
옆 출금기가 소리를 지른다
아직도 열리지 않는 불안한 저편
누군가 내 하루의 시작을 출금해 간다

위험한 착지

복숭아 향이 나는 봉긋한 나이
솜털 보송보송한 볼에 연지곤지 꿈을 찍어
솔롱고스*를 향해 힘껏 도움닫기를 했다
잔뜩 긴장한 발끝에 힘이 주어졌다
깃털처럼 가볍게 날아
더 높이
더 멀리
무지갯빛 코리안 드림을 꿈꾸던 그녀는
두 번 공중회전으로
마흔 고개 훌쩍 넘은 이씨 품에 내려앉았다

주정뱅이 남편 등쌀에
허리가 휘도록 24시 소머리국밥집에서
쟁반에 잠을 펴 날랐다
퀭한 눈망울을 들여다보는 날이 늘어나고
상처의 크기만큼 모래수렁이 생겼다

박제된 하루가 묶인 채
끝이 보이지 않는 허공으로 별들이 쏟아졌다

양철 뚜껑 속의 허르헉이 길게 양 울음소리를 내는 밤
덜컹,
게르 문을 닫던 바람이 몸의 바깥을 훑고 지나갔다
두고 온 모래 울음이 환청으로 들리는 밤에는 강소주가 그녀를 마셨다

아무리 둘러봐도 평지는 보이지 않았다
척박한 땅이었다

*솔롱고스: 무지개 뜨는 나라. 몽골인이 부르는 한국 이름

길

길의 이동경로에는 스캔된 하루가 들어있다

길가 양버즘나무 가지들이 잘리고 그날그날 일기를 적어둔 이파리들도 낱장으로 떨어진다 뿌리의 생각을 미처 읽지 못한 수피가 허물을 벗고 가을이 길 위에 서성거린다

허공에 묶인 길, 족문이 마모된 바퀴들이 공중에 걸려 무심히 오가는 길을 내려다본다

길을 배달한 택배기사의 하루는 어디론가 가버리고 어둠의 속살이 드러나면 가로등에 매달려 골목이 눈을 뜨기 시작한다 어딘가 새벽을 부려놓은 생선 리어카가 골목으로 들어서면

하루가 젖은 신발을 벗는다

류 순 희

한국문인협회 회원, 안양문인협회 편집위원
안양여성문학회 회원
(사)안성문인협회 문학공로상 수상
moonvic@hanmail.net

어떤 잠자리

탓

어떤 잠자리 외 1편

고삐 풀린 바람 질주합니다
예고도 없이

커다란 나무 위에 까치집 통째로 날려버리고
뿌리마저 뽑을 듯 거세게 휘몰아칩니다

낭창낭창한 줄기 끝에 방만한 잠자리
노련한 날개 있어도
익숙하던 비행은 자꾸만 방향이 어긋납니다
칼날 같은 억새 잎에 여린 날개 스치고
거미의 덫을 피하려다
기회를 노리고 있는 사마귀 앞에 휘청댑니다

접을 수 없는 날개
이대로 다시 날 수는 없을까

날아야 산다는 걸 기억할 즈음
바람의 꼬리가 방황을 시작합니다
기회는 잡고 생각해도 늦지 않는 법
바람이 던지는 혹독한 충고였음을

잠자리
바람도 누워가는 언덕을 향해
상처 난 자존심 당당하게 저으며 날아갑니다

탓

일이 잘 풀리지 않을 때마다
남의 탓 조상 탓하는 사람이 있죠

허공에 큰 그림 그리다
빈손 쥐고 거리에 나앉은 사람

떡 줄 사람 생각도 없는데
김칫국부터 호로록 마시던 사람

길을 가다 우연히 돌부리에 걸려 넘어졌거나
마법에 걸린 손가락으로 계산기만 두들겼거나
신호등 앞에서 한눈팔다 발의 신호를 놓쳤기 때문일지도

날마다 달란트처럼 주어진 시간을
보이지 않는 탓의 굴레에 갇혀
입버릇처럼 탓 탓 탓

하지만 한 번쯤 탓의 허물에서 빠져나와
남의 덕 조상님 덕이라며 살아봐야 하는 거죠

이 지 호

2011년 「창작과 비평」으로 등단
중앙대학교 대학원 문예창작과 졸업
안양여성문학회 회원
지은 책으로『시인의 안양공공예술 산책』과 시집으로는『말끝에 매달린 심장』이 있음.
bunsmile@naver.com

호모 심비우스,

나는 민들레를 아리링의 정서라고 부른다

앵두

!, ?

흙 받습니다

호모 심비우스 외 4편

우연의 우연의 우연으로
한 거실에 모인 우리들
그럴듯한 신화를 만들 수 있는

*

4대가 한 밥상에서 아침을 먹고
음악을 틀어 놓자
어린이집에서 배운 율동을 추는 어린 조카
빠진 틀니를 한쪽에 놓고 박수를 치는 할머니
신이 난 꼬리를 가진 반려견 탱이
유유함이 우아함으로 지느러미를 한껏 부풀린 금붕어
집 안 공기를 책임지는 스파트필름 율마 싱고니움
음악을 통해 얻은 웃음은 행복의 교향곡
박수는 최선이며 빠른 속도로 우리를 성장시킨다

*

외할머니는 하나의 공간이었다
안방 건넛방 사랑방을 차지하는 사람과
외양간 헛간 둠벙을 차지하는 소 닭 우렁
앞마당을 차지하는 맨드라미 봉숭아 채송화
뒤뜰의 감나무 앵두나무 살구나무
비탈산을 일구고 심은 고구마 배추 고추
이따금 찾아오는 고랑이 산토끼 두더지
외할머니는 간난아이를 대하는 심정으로 어루만지며
꽃이 피고 낙엽이 지는 것을 함께 맞이했다

*

낡은 신발 같은
서로가 새롭게 어울리는
안성맞춤인 풍경

함께 있어
기댈 곳이 있어
내 편이 있어
생명의 위치는 심장에 있다

유리창으로 쏟아지는 햇빛도
함께이다

나는 민들레를 아리랑의 정서라고 부른다

하얀 민들레꽃이 피었다
부서지거나 없어진 표지판을 대신하듯 경계에 핀 꽃
꽃은 견디는 중이다

민들레의 위치는 심장에 있다
끌어당기는 마음과 내어주는 마음
잎이 뭉개지고 생채기가 생겨도
그렇게 그렇게 꽃줄기를 올리는 힘

나는 민들레를 아득함이라고 부른다

내 세상이었던 너를 잃었다
미안했다 미안하다는 말은 더는 쓰지 않으련다
많은 시간 원망하고 살았지만
뼈 속 깊이 새겨진 응어리가 풀려 녹는데
단 십분도 걸리지 않았다
숨이 달라지고 숨 때문에 움직임이 달라졌다

모두가 기피하는 일을
적극적으로 맡은 자세로 피어 있는
여기는 군대가 없다는 듯
백기를 흔들 듯
은색 털이 흔들린다

바람이 분다 갓털이 위태롭다

어느 쪽으로 갈까
미루나무 한 그루 자르는데
역사적으로 가장 비싼 값을 치른 과거
민들레는 얼마의 값을 치러야 하나
갓털이 날아가는 방향은 새로움을 향해 기울 것이다

공동경비구역을 찾은 그녀가 손편지를 쓴다

나는 흰 민들레를 아리랑의 정서라고 부른다

앵두

대접에 청 태 낀 빗물 정화수가 말라가는, 한 집안의 내력이 곰삭아
가는 장독대 앵두가 와글와글 켜지고 있다

우리 집 뒤란으로 불안을 데리고 오빠가 돌아왔다
뒤꼍으로 들어온 턱하고 치니 억하는* 흉터
흰 천에 붉은 날들이 가끔 구겨지곤 했다
누군가를 물들이고 싶어 하던 그리움의 병
맑은 날 화투장에 우산을 쓰고 손님이 찾아오는 날이면
기침 대신 앵두가 툭툭 떨어지곤 했다

혼자 놀다 가는 청춘
젊음이 몸을 버리는 시간 함께 맞이한 곳도 뒤란이고 내 사춘기 우
울이 가장 많이 나온 곳도 뒤란이었다

바람이 물어뜯고 간 날들
핏방울 같은 앵두만 저 혼자 뒤란을 밝히고 있다

*턱하고 치니 억하고 죽었다.

!, ?

영생을 가진 나는 행복하다

내 아들은 나를 먹여 살리느라
아침부터 일한다

내 아들의 아들은 자신의 아버지를 먹여 살리느라
밤까지 일한다

그 아들의 아들은 자신의 아버지를 먹여 살리느라
잠을 포기한다

잠을 포기한 아들의 아들은
나이는 젊지만 늙어버렸다

늙어버린 젊은 아들의 아들은
삶을 포기한다

삶을 포기한 아들의 아들은
태어난 것을 원망한다

태어남을 원망한 아들의 아들은
할 일이 너무 많아 할 수 있는 것이 없다

할 수 있는 것을 다 할 수 있는 나는

내가 가진 권력과 재능을 가지고
기도한다

제발

……

흙 받습니다

지층에 지층이 포개진다
서로 다른 살의 감촉을 받아들여야 하는 일은
고단한 작업이 될 것이다

내 몸에서 일남일녀가 빠져나가고
파릇파릇하던 스무 살이 빠져나가고
너무 많이 닳아 버린 것
그 어떤 흙도 빈 객지를 채우지는 못 할 것이다

밤을 풍성하게 하던 개구리 울음이 멈추고
내 피를 한끼 식사로 먹어치운 거머리가 떠났다
친구와 꽃반지의 추억을 만들어 준 토끼풀이 마지막 기억을 붙잡고
새로운 이력의 매트릭스를 자청한다

수직의 도시에 그림자는 수평이다
땅의 기운을 받았던 사람들은 이젠 흙을 잃어버리고

하늘의 기운만 받으려 휘청휘청 흔들린다
한때 땅이었던 하천을 덮고 담장을 세우고
검은 그림자가 그 자리에 눕는다

흙은 주말 농장에나 있고
검은 색에 자리를 빼앗긴 사람은 허공에서
옷을 입고 음식을 먹고 휴식을 취한다
여유롭던 허공이 바빠진다
수직으로 다 몰려가고 수평은 빈곤으로 좁다

17층 허공의 침대에 누워 흙을 받는다
흙길이 그리운 나는 몸에 흙의 길을 낸다
푸른 모의 기억이 내 살에 스며든다
흙이 정말 원한 건 숨 쉬는 것을 키우는 것이리라

허공에서 지하의 땅기운을 끌어온다

떠났던 것이 돌아와 소리로 가득 메워지는 객토
아이들의 깔깔깔 웃음소리가 싱싱한
점점 다른 내가 나를 채워가듯
다른 것들이 나를 채울 수 있다

장 정 욱

2015년 『시로 여는 세상』으로 등단
제20회 수주문학상 수상
안양문인협회, 안양여성문학회 회원
42soori@hanmail.net

□

귀가

봄밤을 따르다

먼 산책

한 장의 정오

떠나간 물방울

귀가 외 4편

흙에 덮인 사물들은
이름은 있으되 성별이 없다고 했다
나는 아직 태어나지 않은 작은 물방울

밤의 원형을 돌며
달의 발등에 갓 빚은 발을 올려놓던 날
당신은 한쪽으로 기울어진 스텝만을 가르쳤다

어깨에 멘 물지게처럼 목숨은 출렁이다 쏟아지고

어둠이 삭아 내린 옷자락을 쓸어 올릴 때
생각이 하나로 모여들었다
다시는 지루한 악보 속으로는 돌아가지 않으리

2월은 아직 눈 속에 묻혀 있고
떠돌던 태몽들은 무엇으로 태어날까 두렵기만 했다

비의 귓속으로 스며드는 사람의 얼굴,
터벅터벅 물결의 행렬,
혼자에게로 골몰하는 밤의 뒤척임,

머리말 책표지를 펼쳐 우산 예언 웃음소리 일요일
둥근 모서리를 가진 단어들을 모두 지웠다

나는 이제 무엇으로 결정될 것인가

봄밤을 따르다

봄밤의 대화는 도수가 얼마나 되지
어디서 많이 들어본 우리들의 말은
몇 번째 봄을 돌고 돌아
서로의 잔을 채우는 것일까
낡은 사람은
자꾸만 날 데리러 온다 하네
칭얼대는 아이들은 모두 재우라고
오늘의 기도는 내일로 넘겨버리라고
허락이란 말은 이제 쓸모가 없어졌네
꽃들의 혀가 하얗게 떨어지고
기다리지 않는 이야기들이 빙글빙글
잔을 돌리고 있네
울컥 사랑이 치밀어 오르네
조각 난 꽃 잔
혀 짧은 달빛
봄밤은 이미 내게 기울어졌고
자정을 넘긴 나는 자꾸만 흘러내리네

먼 산책

한 번의 겨울로 머리카락이 길게 자랐다
추위가 오래갈수록 주머니 속 독백도 길어졌다

밤과 낮이 들락거리며
달력의 말을 덜어냈지만
손목이 좁은 바람은 결국 마지막 장을 떠나지 못했다

웃지 않는 이마
머리카락 끝 물방울이 매달려있다
얼고 녹기를 수없이 되풀이한 그늘처럼

쓸어 올리는 손가락 사이로
가려있던 반쪽의 호수가 보였다

얼음무늬는 겨울에 갇힌 나비의 문장보다
더 깊고 묵직한
필체를 갖고 있다

단지 체온을 잃어버렸던 것뿐인데
내용을 읽어 내릴 수 없다

어두워진 행성들이 물방울 속으로 모여들고
손가락 끝에서
한 계절의 궤도가 흐트러졌다

먼 길에서 돌아오지 않을 산책을 위해
나는 캄캄한 얼음을 주워 입속에 넣었다

한 장의 정오

빗방울로 스케치를 했다

너와 만나기로 한 지점이 우체통에서 몇 걸음, 꺾어진 해바라기 그
림자에서 또 몇 걸음이었는데
모두 번져들었다

주머니 속 손가락이 해진 연락을 뒤적이고 있을 때
한 장의 정오는 지워진 이름을 이어붙이며 보도블록을 걸었다

바람이 축축한 걸음으로 옆을 스쳤고
우기를 간직해 둔 옆구리가 더 깊어졌다

천천히 색을 잃어가는 빗소리
우연이란 말 속에 흘러들고 싶었다

느려진 풍경을 꺼내와
푸른 펜으로 그린 창문을 열고

눈에서 멀어지기 시작한 그 지점에 닿고 싶었다

저 혼자 떨어지는 빗방울은 휘어진 전생에서 시작되었다

떠나간 물방울

엷은 잠을 덮고 있는 내게 그림자들이 속삭였다
나를 보며 자요

뒤척이던 찔레 넝쿨이
모로 누운 채 달빛을 세고 있었다

쓰다만 일기장 위로
바람이 둥글게 모여들었다

속눈썹에 내려앉은 잠

시간이 초록의 마당을 건너와
거품 같은 꽃잎을 끌어당길 때

어떤 문장은 지워지면서 더 향기로웠다

어깨 끝에서

낯선 벼랑들이 하나둘 눈을 떴다

눈꺼풀 속으로 아침이 새어 들어왔지만
마주한 그림자는 아무 말이 없었다

담장 밖
외눈박이 고양이 눈에는 찔레꽃이 수북이 쌓여 있었다

정 이 진

홍익대학교 미술대학 대학원 회화전공

초대개인전 및 부스전 20회

해외 아트페어 및 단체전 70여회

수상: 경향신문공모전 및 전국대한민국미술대전 입상 12회

저서: 「샤갈의 눈 내리는 마을」, 「내 눈 속에 살고 있는」, 「사랑하나 키우고 싶습니다」 그 외 공저다수

동국대문학인회, 안양문인협회, 과천 미술협회, 안양여성문학회 회원

eezin3@hanmail.net

종이비행기

빈자리

교차로

풀벌레 울음

겨울나무

종이비행기 외 4편

_기다림

딸 이이가 놀이방에서 비행기를 만들었다
색종이 접어 모양을 내고
예쁘게 색칠을 한
"정선은 꺼" 라고 쓰인 종이비행기
엄마 오빠한테까지 자랑했는데
아빠는 안 오시나
기다리는 날은 더 늦게 오는가
딩동 딩동…
"아빠다!"
문을 여니 낯선 얼굴
딸아이의 실망과 경비아저씨의 우편물이 겹친다
"아까 낮에 왔더니 안 계셔서"
"네 고맙습니다"
문을 닫고 나니 딸아이는 주저앉아 투정을 부린다
"엄마 아빠는 언제 오셔요?"
조금 있으면 오시지 하는데

12시가 넘었다
이렇게 기다리는 아이의 바람을 접어두고
아빠는 어디서 무얼 하고 계실까
딸아이는 머리맡에 비행기를 놓고 잠이 들었다
아빠와 함께 비행기를 날리면서……

빈자리

겨우내 시린 가슴으로 버티다가
더 이상 숨이 차
주저앉았나 보다
따뜻한 병실에서 조차
쓸어내지 못한 추위를 잊기 위해
복 중에 떠난 것일까
금방이라도 문 열고 들어와
울먹이는 나를 달래 줄 것 같은
며칠이 지나도 실감하지 못한
아쉬움이 먼저 찾아와
힘들게 한다

떠나 버린 그 자리엔
해마다 기일 하나 자라고 있다

교차로

목적지도 정하지 않았는데
아이의 재롱에
정신없이 달려온 난
도로 한가운데서
선뜻 내키지 않는
액셀러레이터에 발을 올려놓고
서서히 밟는다
점점 가까워 오는 교차로에서
나는
어느 쪽 방향등을 켜야 하나 망설인다

자동차를 타고
시간에 끌려간 하루가
노을에 진다

풀벌레 울음

가라앉을 듯한 밤의 무게가
서서히 자리 잡고 있는 가을을
목에 싣고
깊은 늪 속으로 들어간다

살며시 바람타고 가버린 이별이기에
밤마다 토해내는 풀벌레 울음
예사로 들리지 않아
조그만 소리에도 귀 기울인다

깊어 갈수록 묻어나는
마르지 않는 생각들
내 가슴에 파고들어
가을을 입히고 떠난다

겨울나무

헛된 욕망과 상처
다 벗어 놓고
파리한 햇살에 드러난 앙상한 가지
젊은 날의 용기는 간데없고
쓸쓸히 언 땅 지키며
찬바람과 싸우고 있는 그대

사는 일이 고달퍼도
아무렇게는 살지 않겠다며
마른 슬픔까지도 거두어간 그대

애써 성성한 가지 흔들어 보이지만
머지않아 흔적 없이 사라질 가지에
번쩍이는 찬 서리가 슬프게 내려앉는다

봄은 아직 멀기만 한데

정 지 윤

2009년 「시에」 등단

2014년 「창비어린이」 동시, 2015년 「경상일보」 신춘문예 시

2016년 「동아일보」 신춘문예 시조 당선

전태일문학상, 신석정촛불문학상, 김만중문학상 등 수상

안양여성문학회 회원

jmk4033@naver.com

그래도, 낯설다

등, 나무 그늘

때를 놓치고

잠깐 동안, 눈부신

나무가 큰 귀를 키우는 시간

그래도, 낯설다 외 4편

부풀어 오르는 운동장엔
군살이 없다

달보다 빨리 뛰어도 금식을 깨울 수 없어

밤 11시 담벼락 너머로
잔소리가 자라는 메뉴

나는 식탐에 익숙해지고 지속적으로 비만해

즐겁게 자궁이 앉았다 간 자리 조금 더 삐걱거리고
어깨가 한 뼘 기울었다

걸어온 발등 퉁퉁하다 뒷굽도 조금 주저앉고
절룩거리는 뒷모습
어제보다 조금 가볍게 달려가고

같은 곳을 몇 바퀴째 같이
돌고 있다

그래도, 너는 낯설다

등, 나무 그늘

다 큰 아이를 업고
등꽃길을 거슬러 오른다

척추 휘어진 등나무 그늘에
아이를 내려놓고 잠시
굽은 등을 편다

가쁜 숨소리 몰래 듣는 등나무

아이의 다리처럼 꼬인 줄기 끝
얼기설기 얽힌 그늘이 환하다

나무는 등꽃을 업고
어느 바람의 끝자락까지 걸어온 것일까
쉴 새 없이 그늘을 흔들고

버팀목에 업힌 그늘은
흔들리며 한 뼘씩 더 자라나고,

때를 놓치고

손님이 많은 칼국수 집
일인분인 나는 정당하지 않은 걸까
내 머뭇거림도 부지런한 식욕도 무서워

완전한 식사들 LIVE가 제맛이지
자막이 꿈틀거린다 다시 보는 명승부

허기가 엉킨 면발은 쉽사리 풀리지 않는다
팔팔 끓는 면은 위험해
9회 말의 홈런
그 치명적 식탁의 뜨거움

홈런은 잡을 수 없는 거야
허기진 공들은 장외로 날아가고

나는 잘못 주문한 면발보다

날려버린 찬스가 아파
진열된 트로피처럼 서서
퉁퉁 불어가는 면발을 본다

일인분의 식사가 끝났다

공은 어디로 날아갔는지
식탁만 그대로 그 자리에 서 있다

잠깐 동안, 눈부신

밖엔 바람이 불고
팬지꽃들이 서로의 간격을 좁힌다

셔터가 터지면
햇살들이 발꿈치를 들고 일어선다

예식을 마친 한 귀퉁이에서
서로 닮은 사람들 층층이 진열되어
어깨들을 좁힌다

렌즈 속 주름은 깊고
마지막 표정은 완성되지 않는다

질긴 핏줄들
바쁠 것도 없이 부산하다

잠깐 동안 눈부신 오늘, 렌즈 밖에서
벚꽃들이 활짝 피어난다

나무가 큰 귀를 키우는 시간

운동화 끈을 매다가 놓고 간 신문 너머에서 나무들은 눈을 감는다

신문 하단은 일방적이다
부고 없는 행간들 덧대놓은 복고풍의 활자들 떨어져 나간 잎사귀들
의 빈 곳

바람이 법이 되는 것을 아는 줄기들이 서로를 밀어내는 동안 지푸
라기 같은 마음들은 어디로 가나 햇살이 날카로운 고층빌딩 언저리

테이블의 접시 위로 걸어 들어오는 소문들
서로를 향해 더 길고 날카롭게 손톱을 기르는 가지들 얼어붙는다

기척은 뜻밖의 곳에서 빛을 키우고 나무가 큰 귀를 키우는 시간
사방의 온기를 끌어당긴다
어두워서 더 진해지는 산들이 어깨를 걸며 불 켜진 마을 어귀로 들
어선다

조 은 숙

안양시 자원봉사센터 APAP 도슨트 봉사 표창장 수상
자원봉사 활성화 유공 표창장 수상
제 13회 삶의 향기「동서문학상」시 부문 입상
안양문인협회 감사, 안양여성문학회 회원
61107@hanmail.net

별일

나무엄마

춘분

물고기가 잠든 침대

작명

별일 외 4편

소리 소문 없이 이사를 해도
별일 없재, 하며 찾아오던 엄마

며칠 전 곤한 꿈에 나타나
손 한번 잡아주고 발길을 끊었죠

거기는 눈을 감아야 갈 수 있는 곳
길눈이 밝은 엄마와 달리
나는 동서남북 분간 못하는 길치잖아요

엄마는 겨울 황소자리 나는 여름 궁수자리
반대의 계절을 사는 우리

다른 은하에 있는 엄마 잘 찾아 가려나
별자리를 살피는데

오늘 밤하늘엔 별이 보이지 않아요
기억은 점점 깨지고 있는데

나무엄마

푸른 이파리가 묵죽을 치는 대숲
늙은 엄마 목소리처럼 삐걱거리는 평상에서
정처 없는 영혼이 선잠에 들었다

약손 같은 바람결은
머릿속 꼬인 혈을 풀어주고

오죽의 피리 소리로
흔들리다 사라지는 기억을 잡아주며

마디 굵은 손으로
빛 그림자 이불을 덮어주는 나무

예민해진 신경으로 며칠 밤을 꼬박 새웠는데
귀가를 종용하는 식구처럼
석양의 햇볕 냄새가 단잠을 깨웠다

춘분

벚꽃 잎이 창을 두드리기에
열어주었습니다

마음이란 텃밭에는
먹물양식을 아무리 주어도
옥토가 되지 못해

새순 올리지 않고
비가 되지못한 구름처럼
늙고 처진 화분에

봄바람이 깊이 들고 간 후
생기가 돌았습니다

물고기가 잠든 침대

티비 속 스시의 달인이
회 뜬 생선을 수족관으로 돌려보냈다

습관은 꼬리지느러미를 세차게 흔들었지만
몸을 잃은 물고기는 점점 가라앉아

아가미를 아무리 펄떡여도 부레는 부풀지 않았고
물결은 마취주사처럼 감각을 무디게 했다

간에 붙어 있던 쓸개도 제거하고
아기집도 진즉에 닫았는데

그래도 버려야 할 것이 남아
절제를 모르는 위도 들어내고
의사는 그렇게 나를 물속으로 돌려보냈다

블라인드 그늘이 물고기처럼 헤엄치는 침상
노을 지는 쪽으로 방향을 트는 몸이 뻐근했다

작명

B·C 1000년, 우리가 청동기시대라 부르던 때
작대기에 보따리를 끼워 든 이주민들
동이 트는 이곳에 터를 잡았다

그로부터 이천 년이 지난 고려시대
관악산 자락에 안양이라는 작은 마을이 생기고
다시 천 년의 시간이 흘러
개발의 바람은 여기에 고층아파트를 앉혔다

5톤 탑 차로 이주한 외주인들은
아파트 가치를 높이기 위해 단지 이름을
의미 없이 어려운 신조외래어로 바꾸려고 했으나

노란 유채꽃이
비닐하우스에 떨어지는 빗소리가
까치밥으로 남긴 다홍 연시가
사시사철, 꽃 핀 자리에 열매 맺고 씨 퍼뜨리고

대물림된 적선이 터무늬가 된 마을
이만큼 생기 있는 푸른 곳이 어디 있다고
삼천년의 햇볕을 간직한 여기,
동편마을이라고 불렀다

한 명 원

2012년「조선일보」신춘문예 등단
중앙대학교 대학원 문학창작과 졸업 예정
안양여성문학회 회원
08bada@hanmail.net

펄럭거리는 별자리

풍선

구름분재

얼룩말

낮과 밤

펄럭거리는 별자리 외 4편

비가 세는 지붕이 많아
극빈의 모습이 가끔 별자리가 되기도 한다
가장 아래에 있는 지붕들
내려다보는 별자리들이 있다
똑똑 누수를 전설로 품고 있는 별자리
펄럭거리는 바람이 아니면 세상에 존재하지도 않을 별

저 아래 빨래가 펄럭일 때 별자리도 들썩거려
가끔은 구멍이 뚫릴 때가 있는 지붕들
블록시멘트 한 장이거나 검은 폐타이어 한 짝이거나
묵직한 곳을 골라 잠시 펄럭거리다 가는 바람의 별자리들
불안한 어린 등을 토닥거리는 손이 있는
밤새, 별들이 지붕을 밟고 다니던 지붕 밑의 집

낮은 집의 지붕들 위를 발굴하듯 드러내다
점점 사라지는 별자리들

풍속을 더듬거리며 자라는 아이들이 있었고
자주 바뀌는 계절의 별자리를
헤아리다가 보수하는 가장이 있던 옛집
하늘 한 귀퉁이로 올라가는
전설을 중얼거리던 별자리가 있었다

먼지구름 속에 갇힌 황사바람에도 펄럭거리던 별자리
한바탕 비라도 내리면 더욱 요긴하게 반짝거리던 별들
지상, 남루한 지붕 위
붙박이 자기 별자리 하나 만들어 놓은 바람이
요란하게 별을 흔들며 지나가던 별의 소리들
하늘에는 없는 바람 별자리
낡은 천막이나 눌러주는 일로 갸륵하던 바람 별자리가 있었다

풍선

커다란 북을 메고 구름의 얼굴로 피에로가 나타났다
마을의 입구가 열리고 커다란 공이 굴러 들어왔다
그는 둥근 공 위에서 사는 남자
골목이 굴러가고 집집마다의 문들이 굴러가고
아이들의 함성이 때 묻은 흰 천막으로 굴러갔다

헐렁한 땡땡이 옷에 큰 입과 눈,
넘어져서 웃던, 넘어져서 바보였던 피에로
아이들을 배터리처럼 달고 마을을 돌았다
방전되는 아이들의 말
빨간 코를 한번 만지며 마술을 부리듯 낚아채가던 탄성
온갖 호기심으로 부풀린 풍선을 묶고
색색의 풍선 속으로 그의 모습이 보이지 않을 때가 되면
피에로는 사라지고 아이들은 한동안 말이 없었다
그렇게 말을 빼앗기면서 아이들의 유년이 사라져갔다

가끔은 풍선이 구름 위로 올라 별무리와 함께
산을 넘고 바다를 건너는 꿈을 꾸곤 했다
풍선 속에 갇힌 말을 꺼내오면 자꾸
회색빛으로 변해가는 언어가
무슨 색깔로 변할까 궁금해 하기도 했다

점점 말이 나올 때 삼켜야하는 시간이 많아진다
그럴 때마다 어디선가 풍선이 터지는 소리를 듣곤 한다
어느 날 문득 창밖으로 색색의 풍선이 보이고
웃음소리가 골목을 채우고
새로운 아이들이 모여든다

구름분재

농장에서 올려다 본 구름은
제 몸을 키우는 화분 하나씩 품고 있다

차츰 비대해지는 저 구름
보이지도 않는 화분을 버리지도 못하고
햇빛을 가렸다 바람에 날렸다
감겨 있던 사슬 속에서
냉온 사이를 오가며 비스듬히 내려온다

소나기가 오면 창밖으로 손을 내밀다
뛰어나가 맞곤 하던 어린 시절
아마도 나는 구름의 분재였을 것이다

들판 끝까지
나를 보내던 길고 짧은 잔소리들
뜨겁게 증발하는 하루하루

옷을 고르게 하고 가방을 추종했었다
쉽게 나오고 어렵게 여는 문을
미리 알았더라면 냉온의 내부를 이해할 수도 있었다

사슬을 풀면 제멋대로 흘러든 진창
하나씩은 다 고여 있을 분재의 날들
작은 화분을 깨트리고 싶었던 구름분재
오늘, 들판을 가로질러 가고 있다

감겨져 있던 사슬이 빗줄기로 내린다

어릴 때 내린 소나기가
아직도 첨벙첨벙 소리를 낸다
작은 화분 속에서 구름은 싹이 트고
빗줄기는 낙수의 장소를 고르지 않는다

얼룩말

어느 날부터

천정에 얼룩말 한마리가 살고 있다

히힝 거리는 소리를 잃어버렸는지

말발굽 소리도 들리지 않는다

언제부터 살고 있었는지

모서리 끝에서 출발하여 중앙을 향해 돌진하고 있다

곤두선 털엔 바람이 빳빳하게 들어 있다

자세히 보면 반대쪽 모서리에서도

이제 막 새끼 얼룩말 한 마리가 태어나고 있다

외출했다 돌아오면

저 말들은 조금씩 살이 쪄 있었다

자잘한 꽃무늬의 풀들을 뜯고 있는

줄무늬가 희미하게 보인다 방안에 반듯이 누워있지만

사실은 저 날뛰는 얼룩말 잔등에 엎드려 있는 것 같다

아주 오래 전 이 지하방은

말들이 뛰 놀던 자리였는지 모른다

여름이 장마의 울타리 안에서 머뭇거리고
어느새 얼룩말은 형광등 근처까지 몰려와 있다
맹수라도 뒤 따라 오는지, 물웅덩이를 지나는지
가끔 물방울이 떨어진다
어쩌면 목이라도 물린지 몰라
더 많이 두둑거리며 떨어지는 물방울 혹은 핏방울
지열은 더 눅눅하게 치솟고
얼룩말은 웅덩이와 맹수를 피해 어느 들판을 달리고 있나
우기의 들판, 내가 누우면 이내 멈춰서는
큰 얼룩말 한 마리가 살고 있다

낮과 밤

- 부적

주머니 속은 항상 꾸벅꾸벅 졸았다. 점쟁이는 아이에게 태양을 그려 주머니에 넣어 주라고 했다. 손가락이 졸리거나 차가울 때 아이는 주머니에 손을 넣고 태양을 만졌다. 왼쪽 주머니에서 오른쪽 주머니로, 오른쪽 주머니에서 왼쪽 주머니로 태양은 옮겨 다니며 영원히 떠 있을 거라고 했다. 태양과 아이는 묵시록적인 말들로 대화를 했다. 애야 태양을 빼지마라 재앙이 닥친다. 태양을 만지는 순간 태양 속으로 걸어 들어가는 아이. 몇 날 며칠 밤이 사라진 아이의 몸에서 열이 났다.

- 시험

문제들은 몇 십 개의 주머니를 가지고 있어 무겁다. 괄호에서 생기고 괄호에서 사라지는 정답과 오답들. 괄호는 동그랗고 텅 빈 태양을 반으로 잘라놓은 모습이다. 연필을 빙글빙글 돌릴 때마다 아이의 몸에 붙은 손가락 그림자들이 떨리고 춥다. 떨어져 있는 태양을 연필에 붙여 보려고 애를 써보지만 검은 글자들이 제멋대로 그려진다. 너무 길쭉한 동그라미들, 벌레처럼 오그라든다. 급기야 괄호를 손으로 잘라 떨어진 원을 붙여본다. 금간 태양 속으로 정답과 오답이 빠진다.

- 밤이 되지 못하는 날

주머니 속에 접혀진 태양의 뒷모습은 언제나 흐리다. 아이는 주머니 속에 태양을 꺼내서 펼친다. 접혔던 부분이 네 방향을 만들었다. 아이는 중얼거린다. 세상은 방향이 있다. 북극곰이 있고 남극 펭귄이 있고 이구아나가 있고 장화를 닮은 나라가 있고 에콰도르 코카잎을 씹는 휴식이 있다. 아이에게 밤은 오지 않나. 몇 번의 옷을 갈아입는 동안 잠을 잘 수도 있다.

- 주머니 안은 항상 낮

하늘에 태양이 둘인 세상이 있었다. 그곳은 항상 낮. 잠을 자는 한 아이를 위해 모두가 일하는 곳. TV는 금 수저로 시끄럽다. 아이는 옷을 벗어 물속으로 던진다. 주머니 밖으로 나온 태양이 물에 붉게 퍼진다. 아이가 붉디붉은 물속으로 들어간다. 그곳에서 낮과 밤을 번갈아 숨 쉰다.

한 인 실

안양문인협회, 안양여성문학회, 천수문학회 회원
is-han57@hanmail.net

붉은 경전

끝판의 내력

달을 지우다

열대야

아침을 걷다

붉은 경전 외 4편

백담사 늙은 야광나무
가을이 저물어갈 무렵이면
붉은 글귀 가지마다 촘촘하게 매달아 놓는다
들뜬 마음으로 찾아 온 걸음들
독특한 필체에 놀라고 방대한 분량에 한 번 더 놀란다
몇 날을 밤잠 설쳐가며
기록을 해야 저 많은 구절들 완성 할 수 있을까
누가 열심히 읽어주나 살피느라
내려다보는 눈빛이 사뭇 진지하다
몸에 밴 습관이란
힘든 줄 알면서도 멈추지 못하는 것인지
마디마디 갈라지고 굳은 살 박힌 손으로
새로운 기록을 남기기 위해
묵언수행의 시간 속으로 걸어가고 있다

끝판의 내력

단풍나무 이파리는 쉽게 가지를 떠나지 않는다
아등바등 매달려 애착을 키우고 있다
어쩌면 스스로 떠나지 못하는지 모른다
떠나지 않는 것과 떠나지 못하는 것의 차이를 따지지 않고
서로의 생각을 읽고 읽히며 어디까지가 바닥인지
한번 가보자며 메마른 감정을 긁어대고 있다
무의식의 본능을 떼어내기 위해 비바람이 몰아쳐도
비명 소리만 커질 뿐 기어이 겨울을 견디어 낸다
만삭의 시간을 찢고 여린 봄이 돋아나면 그제야
잡았던 미련을 내려놓는다
자식이라는 가지에 평생 붙들려 산 엄마
괜찮다며 오그라진 손 흔들고 있다
끝판의 내력은 여전히 현재 진행형이다

달을 지우다

조금씩 달의 흔적이 사라진 후
공허의 방에 갇혀
계절이 바뀌는 동안 문턱을 넘지 않았다
몸속에 열꽃이 피어나고
시도 때도 없이 가슴이 두근거리면
고요의 섬에 한참을 머물다 돌아오곤 했다
껍질만 남기고 여름을 떠나간
매미의 울음소리가 환청으로 들리고
시간에 지워진 것들을
깊게 들여다보는 날이 길어지는 동안
더 이상 온기를 품을 수 없는 달이
문밖에서 서성이다 돌아가는 뒷모습이 보였다
폐경이라는 이름표 달고

열대야

잠 속으로 떠밀려 다니다
눅진함의 무게에 놀라 일어난 새벽녘
발치로 밀려난
인견 이불에 핀 꽃들이 온통 구겨져 있다

늘어진 관절이 제 자리 찾느라
뒤척이는 사이
고장 난 매미의 알람소리
강제로 귓속으로 배달되고
후끈한 아침이 기척도 없이
베란다 창으로 들어서고 있다

서둘러 차린 식탁에 앉아
구름 마요네즈로 버무린 샐러드와
푸른 빗줄기 담긴
오이냉국 한 사발로

지친 팔월의 하루를 일으켜 세운다
오늘도 불쾌지수는 인내의 한계를 넘어서고 있다

아침을 걷다

까치들 밤새 잠긴 목 푸느라
한바탕 소란을
잣나무 가지에 부려 놓으면
서서 잠든 아침이 깨어나
구부정한 자세로 굳은 몸 풀고 있다

어둠 속 거부하고
땅 위로 기어가는 뿌리들
발길에 짓밟혀 속살이 드러나 있다
푸른 바늘 꺼내 들고 제 상처를 꿰매는 잣나무
그동안 쓰고 버린
녹슨 바늘들 바닥에 수두룩하다

바람의 등에 업혀 온 낙엽들
숫자가 늘어가는 사이
어느새 겨울이

발꿈치를 따라 오고 있다

허 인 혜

제 36회 마로니에 백일장 장원
제 1회 평택생태시문학상 우수상 수상
안양문인협회 부회장, 안양여성문학회 회장
herdk@hanmail.net

자작나무 숲에서

단풍을 쬐다

넝쿨장미

노인네

건조주의보

자작나무 숲에서 외 4편

여름에 날아갔던 어미 새가
빗줄기를 물고 날아 왔다

자작자작 숲에 비가 든다
가늘게 이어지는 긴 대화

무질서한 빗소리도
이 숲에 닿으면 가지런해진다

축축한 우울을 한 장도 넘기지 못했는데
부르튼 심장을 안고 저녁이 내려왔다

바람은 바닥에 떨어진 이파리를
구름 속에 끼워 놓았다

젖은 글귀들이
자작나무 껍질로 느리게 스며들고 있었다

단풍을 쬐다

분나무*에 가을이 들면
붉어진 그 잎 곁에 자꾸 쪼그려 앉았다

은근하게 불씨가 번진 잎맥을 따라 언 손 쬐고 있으면
심장에 낀 살얼음도 가만히 풀렸다

꽃을 좋아하던 그는 구절초가 지고 허전해진 뒤란에
모닥불 몇 가지를 피워놓았다

이름부터 따뜻한 나무
찬바람을 맞을수록 붉게 익었다

나는 나무 밑에 떨어진 불씨 몇 개를 골라
책갈피에 온기를 꼭꼭 눌러 놓곤 했다

하지만 계절을 물들이던 목록 하나 둘 사라지고
그가 떠나간 뒤

아무리 방을 따뜻하게 덥히고 앉아 있어도
녹지 않는 지점이 생겼다

집보다 먼저 사라진 뒤란에 썩은 분나무는
숯덩이 같은 그루터기만 안고 있다

언제쯤의 가을이 책갈피에서 떨어져도
나에게는 더 이상 손을 쬘 나무가 없다

*경기 화성 지방에서 쓰는 붉나무의 방언

넝쿨장미

장미꽃터널을 들어서면
설레고 긴장된 발끝이
잊혀진 멜로디를 기억하네

발밑에서 자라난 굽이
음악에 스텝을 맞추려 더듬거리지
긴 드레스가 끌리듯 옷깃을 자꾸 여미게 되네
아버지 대신 내 손을 잡은
오빠의 발걸음도 엉켰다 풀어지길 반복하며
가까운 길을
아주 멀게 걸어 갔었네

묵은 발자국마다
양 옆에서 아이들이 꽃을 뿌려 놓았네

긴 가지마다
꽃으로 온 길이 따끔거리는 행적이네

노인네

동창東窓에
벗어 둔 푸르스름한 쪽빛 새벽을 걸치고
서둘러 사립문을 나서는 노인네

어제
논두렁에서 저물어 버린 해
다시 볼 수 없을지 모르는 나이가
걸음보다 앞서간다
쥐가 난 발바닥을
몇 번이나 땅바닥에 주저앉아
달래고 달래 쓰는 발걸음 문장
검둥이가
삐뚤삐뚤한 행을 바르게 펴 읽으며
앞장서간다

하늘은

봉인된 햇살을 들판에 서서히 풀어 놓는다

무논에
물들어 오던 소리로 며칠 치 허기를 채우고
비로소 노인은
땅 냄새 맡은 모처럼 푸르러졌다

건조주의보

연소할 위험성이 크다
중심에서 밀린 가장자리는 메마르고 건조하다
주체할 수 없는 시간을 짊어지고
평일에도 등산로는 만원이다
온종일 집안이 낯설어 밖을 서성이는 나이
먹은 것도 늘 얹히는 체중
공원벤치에 내려앉은 봄 햇살에도 슬쩍 끼어든다
담배 연기가 아지랑이 속을 헤맨다
도시의 빌딩숲은 먼 섬이 되었다
투자설명회장 앞, 인생2모작 깃발이 아우성이다
다시 중심으로 갈 수 있는 지름길
축축 처지는 마음에 불똥이 튄다
산뜻한 문장 하나 들불처럼 번진다
바짝 마른 들판에 번진 불길
때맞춰 부는 거센 바람이
순식간에 민가까지 삼켜버렸다
지금은 건조주의보가 발령 중

특집

이지호의 시집 『발끝에 매달린 심장』
_나의 의미는 만드는 것

길은 바라보는 쪽으로 열린다. 화원을 덮고 있는 국화를 뒤로 하고 곱게 물들어 가는 은행나무를 지나 학의천을 따라 청계사로 방향을 잡았다. 청계산은 서서히 단풍이 도착하고 있었다. 하늘을 벗 삼아 풀들의 흔들림을 노래 삼아 걷는 발걸음이 바람 소리와 어울린다. "나의 의미는 주어지는 것이 아니라 만드는 것" 이라는 노트에 적힌 문구가 떠오른다.

늦은 나이에 시작한 시의 길은 나를 다독이며 방향을 잡는 시간이었다. 일상에서 마주하는 생명과 사람, 상황이 나의 시가 되었다. 그 생명과 사람은 아프고 결핍된 존재이며 주변인이다. 상황은 내 주변의 일상이며 현실이다. 자연스럽게 시선은 그곳으로 향했고 시로 표출되었다.

시골정서를 가지고 있는 나는 투박하고 세련되지 못하다. 날카로운 예각으로 벼려야 하는 언어의 공간에서 가장 따뜻한 글자를 찾아 곁에 두고자 했다. 구제역으로 살처분 된 소와 돼지, 조류독감으로 파묻힌 닭, 미혼모, 재소자, 비정규직, 백수, 외국인 노동자, 철거민, 위안부 할머니 등등 이름을 불러주는 것 밖에 할 수 없지만 부를 수 있어 다행이었다. 혼자가 아니라고 온기를 전하고 싶었다. 세월호와 촛불집회, 세계에서 일어나는 일들이 먼 얘기가 아니라 내가 발 딛고 있는 지금의 현실이고 현재였다. 그래서 현실에 늘 깨어 있고자 했다. 사람을 포함해서 동물이든 식물이든 생명을 가진 우리는 하나일 수밖에 없음을 얘기하고 싶었다. 서로 뗄 수 없는 관계이고 촘촘한 연결망으로 이어져 있는 사이라고 상기시키고 싶었다. 누가 누구를 연민이나 동정을 하는 사이가 아닌 공존하고 공생하는 인연이라 생각했다.

나에게는 특별한 인연이 있다. 나는 가끔 서울소년원 아이들이 만든 빵을 먹고 안양교도소에 가서 세차를 한다. 노숙자 쉼터에서 손을 잡은 아이(그때 그는 23세였다)에게 편지를 쓰기도 했다. 그들을 만나고 그들의 글을 보면서 죄는 나쁜 것이지만 편견으로 가득했던 나를 발견하게 되었다. 그들을 만나며 오히려 내가 위로 받고 있었다. 특별하다는 말이 편견을 내포하고 있지만 그들에게 가졌던 편견이 조금씩 옅어짐을 느낀다. 오늘 아침 버섯볶음과 호박전은 교도소에서 받은 그릇에 담겨 있었고 컴퓨터 옆 연필꽂이도 재소자의 작품이다. 한때 힘든 시기를 보낸 적 있는 나는 조금은 부족하고 사회적으로 약자인 사람에게 눈이 더 간다. 그들을 한 번 더 호명하고 따뜻한 기운을 전하는 것이 내가 할 일이라 생각한다. 하나보다는 둘이 살갑지 않은가.

첫 시집을 내고 첫울음을 터트리는 갓난아이의 심정을 느끼고 싶었지만 실패했다. 처음부터 이루어질 수 없는 감정이었으니 실패가 아닐지도 모른다. 아쉬움이 많은 시집으로 가끔은 이 정도 밖에 못했다고 자책하다가도 가끔은 이 정도 했으면 수고했다고 스스로 위로한다.

부끄러운 글이지만 자랑스럽게 여겨주는 분들이 계셔서 힘을 낸다. 특히 중학교 은사님과의 전화 통화는 잊지 못한다. 여든을 바라보시는 과학 선생님은 시를 쓸 줄은 모르지만 최근에 시를 암송하는 취미를 가지셨다며 서로 암송하자고 하셨다. 선생님은 한시부터 현대시까지 10여 편을 암송하고 나는 2편을 암송하며 색다른 통화를 했다. 과학을 가르쳤던 선생님과 과학자의 길을 가고 싶었던 제자의 전화는 시의 향연으로 훙건했다. 내 시를 암송하고 전화를 다시 하겠다는 선생님 앞에 시가 써져야 하는 이유를 찾았다.

청계산 계곡의 물소리를 들으며 소나무, 편백나무, 떡갈나무를 지나 청계사에 다다랐다. 길 위에서 길을 찾듯 만났던 사람과 사건이 삶이 되고 한 권의 시집으로 묶였다. 시의 주인공은 모두 유기적인 관계를 가지고 말끝에 매달린 심장이었다. 나 또한 말끝에 매달린 심장이었다. 먼저 목을 축이고 대웅전에 든다. 오늘은 108배를 해야겠다.

정이진의 「영원한 공간 VI」

「永遠えいえん 空間くうかんVI」/「영원한 공간 VI」

토비타 케이고(飛田 圭吾)

電池の切れかかった時計	전시가 다 되어가는 시계
振動	진동
時は進まず留まろうとする	시간은 지나지 않고 머물려 하고 있다
車もふるえる	톱니바퀴도 떤다
心臓のように	심장처럼
自らどこかへ広がることはないが	스스로 어딘가로 번져가는 일은 없지만
ある場所で	어떤 장소에서
一定のリズム	일정한 리듬
一定の機能を	일정한 기능을
果たし続ける	다 해내어 간다
誰が認めたか分からない	누가 인정했는지 알 수 없는
ひとつの印	하나의 표시
鮮やかな指紋	선명한 지문
拭っても消えることなく	닦아도 지워지는 일 없이
内部へと刻印を続ける	내부에 각인해 간다
永遠が動き始める	영원이 움직이기 시작한다

(해석) 김광민

_ 안양시학 동인 시집

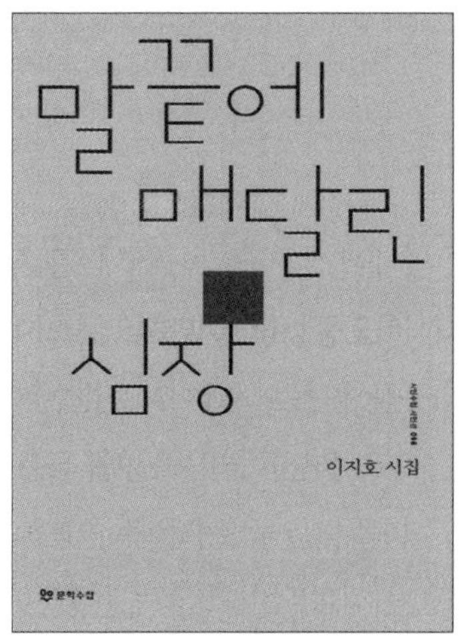

『말끝에 매달린 심장』 이지호 시집

『사과의 생각』 노수옥 시집

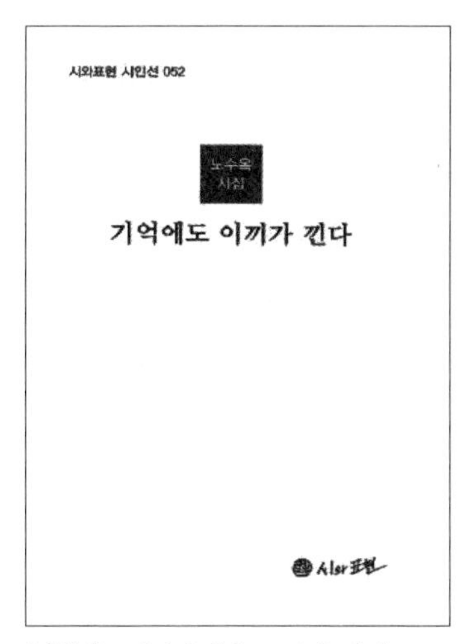

『기억에도 이끼가 낀다』 노수옥 시집

『내 눈 속에 살고 있는』 정이진 시집

『사랑 하나 키우고 싶습니다』 정이진 시집

『샤갈의 눈내리는 마을』 정이진 시집

안양여성문학회 동인지 7
안양시학

초판 인쇄 2018년 12월 7일
초판 발행 2018년 12월 12일

지은이 안양여성문학회 (허인혜 외 9명)
펴낸이 장호수
펴낸곳 도서출판 시인
등록번호 제384-2010-000001호
등록일자 2010년 1월 11일
13992 경기도 안양시 만안구 안양로 320번길 20(안양동) B동 2층
Tel 031-441-5558 Fax 031-444-1828
E mail : siin11@hanmail.net / http://cafe.daum.net/e-poet

ISBN 979-11-85479-19-4 03810

정가는 뒷표지에 있습니다.

※ 이 책은 2018년 안양시의 문화예술진흥기금 일부를 지원받아 제작되었습니다.